Début d'une série de documents
en couleur

LA

PARABOLE

DES

TROIS ANNEAUX

CONFÉRENCE FAITE A LA SOCIÉTÉ DES ÉTUDES JUIVES
LE 9 MAI 1885

PAR

GASTON PARIS

EXTRAIT DE LA *REVUE DES ÉTUDES JUIVES.* — TOME XI

PARIS

A LA LIBRAIRIE A. DURLACHER

83 *bis*, RUE DE LAFAYETTE

1885

(8)

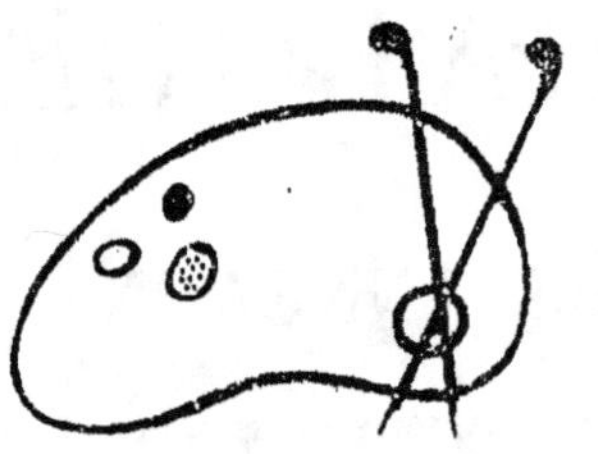

Fin d'une série de documents
en couleur

LA PARABOLE

DES

TROIS ANNEAUX

CONFÉRENCE FAITE A LA SOCIÉTÉ DES ÉTUDES JUIVES
LE 9 MAI 1885

PAR

GASTON PARIS

EXTRAIT DE LA *REVUE DES ÉTUDES JUIVES.* — TOME XI

PARIS

A LA LIBRAIRIE A. DURLACHER

83 *bis*, RUE DE LAFAYETTE

1885

LA PARABOLE DES TROIS ANNEAUX

Ce sont les juifs qui ont posé au monde le problème de la vérité religieuse, en fondant la première religion universelle. Ce problème se pose naturellement de deux façons, suivant qu'il s'agit de la vérité absolue d'une religion ou de sa vérité relative, c'est-à-dire suivant qu'il s'agit de la défendre contre les attaques purement négatives de la raison ou contre les prétentions positives de religions rivales. Tant que les peuples n'ont que des religions nationales, qu'ils se bornent à dire aux peuples voisins : « Mon dieu est plus puissant que le vôtre », il n'y a pas de controverse religieuse possible : ce n'est que par des preuves matérielles que les dieux de chaque pays peuvent montrer leur force. Mais du jour où dans la conscience d'Israel se formula cette assertion si nouvelle : « Il n'y a pas d'autre dieu que mon dieu, que Jahveh, que *Dieu* », toutes les religions qui n'étaient pas arrivées à cette hauteur de conception furent niées du coup et, on peut le dire, moralement anéanties. Comme le premier rayon du jour, n'eût-il atteint que la plus haute cime d'une montagne, fait s'évanouir les mille fantômes de la nuit, ainsi devaient fatalement disparaître, devant le Dieu unique, vrai soleil de la vie religieuse, toutes les figures charmantes et terribles, à l'âme de songe, qu'avait enfantées l'imagination humaine tâtonnant dans l'ombre. Mais le judaïsme, comme son grand prophète, vit la terre promise sans y

---

[1] On donne cette conférence telle qu'elle a été prononcée ; l'auteur a l'intention de reprendre ailleurs cette étude en l'accompagnant des notes et des recherches de détail qui manquent ici, et en indiquant les travaux des savants qui l'ont précédé dans l'étude de la parabole des trois anneaux.

entrer : ce monde qu'il était si sûr de conquérir au vrai Dieu lui
fut en effet soumis, mais par d'autres que par Israël, par ce christianisme que les rabbins se plaisaient à symboliser dans Esaü, par
ce mahométisme qui n'est autre qu'Ismaël. Deux enfants nés de
lui-même lui enlevaient son patrimoine, s'arrogeaient la possession
de ce Dieu, qui était pourtant avant tout le Dieu des juifs, et, non
contents de dépouiller leur père de ce qui aurait dû lui appartenir,
les fils ingrats le persécutaient, l'outrageaient de toutes manières.
Ils ne pouvaient toutefois le renier : chrétiens et musulmans reconnaissaient bien que leur Dieu, le Dieu unique, était le Dieu
d'Abraham, de Moïse et de David ; mais ils prétendaient, chacun
de son côté, que les juifs avaient cessé de comprendre les révéla-
tions que ce Dieu avait continué à faire, et qu'ils étaient dans
l'erreur en ne l'adorant pas dans le Dieu de Jésus ou le Dieu de
Mahomet.

C'est entre ces trois religions, issues toutes trois de la Bible,
ayant la même croyance fondamentale en l'unité de Dieu, la même
base historique dans la vocation du peuple juif, dans les miracles
faits pour lui et dans la loi donnée sur le Sinaï, que la controverse
devait naturellement s'engager. Toutes trois prétendaient s'ap-
puyer sur la révélation directe de Dieu ; or il ne pouvait avoir ré-
vélé des choses contradictoires ; il n'y avait donc qu'une vraie religion : laquelle ? La polémique entre juifs et chrétiens commence
avec le christianisme lui-même, sorti du sein du judaïsme, bientôt
séparé de lui de plus en plus. Tant que le christianisme fut opprimé,
elle se borna à une guerre de plume, et, entre les fidèles des deux
côtés, à une profonde antipathie, qui s'explique par la concurrence
que chacune des deux religions faisait à l'autre auprès des gentils,
et par la confusion fréquente que ceux-ci faisaient cependant de
l'une avec l'autre. Mais quand le christianisme fut devenu la religion de l'état et que la papauté eut pris la haute main dans le gou-
vernement des choses spirituelles, les juifs, restés seuls, dans le
monde chrétien, rebelles à l'autorité, incrédules à la vérité chrétienne, les juifs descendants et moralement complices des meur-
triers du Christ furent naturellement un objet de scandale et de
haine. On était bien obligé de les tolérer, parce qu'ils étaient nom-
breux et que leur habileté au commerce, leurs connaissances scien-
tifiques, leurs relations étendues, le monopole financier que leur
créait l'interdiction du prêt à intérêt chez les chrétiens, les ren-
daient nécessaires ; mais on cherchait sans cesse des prétextes pour
les tourmenter et surtout pour les dépouiller avec une apparence
de justice. Au fond, leur existence même était un crime : par le
seul fait d'être juifs, ils blasphémaient, puisqu'ils niaient la Trinité

et l'Incarnation. Dès qu'ils essayaient de sortir de cette négation passive pour chercher à établir la vérité de leur opinion, ils méritaient les plus graves châtiments. On leur prêtait souvent, pour les atteindre plus sûrement, des attaques violentes et injurieuses contre les points les plus vénérés et les plus délicats de la croyance chrétienne, attaques dont ils n'étaient pas coupables et dont leur habileté suffisait à les faire s'abstenir; vous avez, dans votre excellente Revue, donné des preuves évidentes du caractère calomnieux de ces accusations, émanées pour la plupart, il faut le dire, de juifs renégats; mais il n'était vraiment pas besoin d'y recourir pour avoir le droit de traiter un juif en blasphémateur : il suffisait de lui demander, comme le fit, dans une conférence réunie à Cluni, le vieux chevalier qu'approuvait tant saint Louis, s'il croyait que la vierge Marie fût mère de Dieu : « Et le juif répondit qu'il ne le croyait pas. Et le chevalier lui dit qu'il avait donc agi follement, quand, ne croyant en elle ni ne l'aimant, il était entré dans sa maison. Et vraiment, fit-il, vous le paierez. Et levant sa béquille il en frappa le juif près de l'oreille, et le jeta par terre. Et les juifs se sauvèrent, emportant leur maître tout blessé, et ainsi finit la *dispulaison.* »

D'autres conférences toutefois avaient une issue plus pacifique. Elles ne convertissaient personne, car c'est par le cœur et non par les raisonnements que la foi entre dans les âmes; elles avaient souvent pour résultat d'ébranler la certitude des chrétiens, qui, dit Joinville,« s'en allaient de là tout mécréants, parce qu'ils n'avaient pas bien compris les juifs; » mais enfin rabbins et moines, après avoir bien ferraillé de paroles, se séparaient contents et convaincus respectivement qu'ils avaient réfuté leurs adversaires et prouvé la vérité de leur croyance. Toutefois les juifs devaient être toujours fort circonspects et se défendre sans attaquer. C'était encore bien plus le cas quand, au lieu de disputer avec des clercs, qui reconnaissaient en principe que la raison commune devait être le seul juge du différend, ils étaient interrogés par des laïques, prompts à s'offenser de ce qui était contraire à leur foi naïve, et charmés d'avoir un prétexte pour battre le juif et surtout pour lui reprendre un peu de cet argent que le juif savait si bien amasser.

C'est ainsi que le roi Pierre d'Aragon (1094-1104) voulut un jour, sur le conseil de son ministre Nicolas de Valence, embarrasser un juif qui passait pour très sage entre les siens en lui demandant quelle était la meilleure religion, celle des juifs ou celle des chrétiens. Le juif fit d'abord une réponse évasive. « La mienne, dit-il, est meilleure pour moi, qui ai jadis été esclave en Egypte,

et que Dieu a miraculeusement affranchi ; la tienne est meilleure
pour toi, puisque les chrétiens sont arrivés à la domination. — Je
te demande, reprit le roi. quelle est la meilleure religion en elle-
même et non par rapport à ceux qui la pratiquent. » Le juif dit :
« Que mon roi m'accorde trois jours de réflexion, et je lui répon-
drai le mieux que je pourrai. » Quand il revint au bout de trois
jours, il paraissait fort troublé ; le roi lui en demanda la raison.
« On vient, lui dit-il. de me maltraiter à tort, et je te demande ton
appui, seigneur. Voici la chose. Il y a un mois, mon voisin est
parti pour un lointain voyage, et, pour consoler ses deux fils, il
leur a laissé à chacun une pierre précieuse. Ce matin, les deux
frères sont venus me trouver, et m'ont demandé de leur faire
connaître les vertus de leurs joyaux et leur différence. Je leur ai
fait remarquer que personne ne pouvait mieux le savoir que leur
père, qui, étant joaillier, connaît parfaitement la nature et la valeur des pierres, et qu'ils devaient s'adresser à lui. Là-dessus ils
m'ont insulté et frappé. — Ils ont eu tort, dit le roi, et ils méritent
d'être punis. — Eh bien ! reprit le sage, que tes oreilles, ô roi,
entendent ce que vient de prononcer ta bouche. Vois : Esaü et Ja-
cob sont aussi des frères ; chacun des deux a reçu une pierre précieuse, et tu veux savoir laquelle est la meilleure. Envoie, ô roi,
un messager au Père qui est aux cieux : c'est lui qui est le grand
joaillier, et il saura indiquer la différence des pierres. » Alors le
roi s'écria : « Tu vois, Nicolas, la sagesse de ces juifs. Vraiment,
une telle réponse mérite des honneurs et des présents ! »

Cette anecdote ne nous est racontée que dans un livre du
XVe siècle, le *Schebet Jehuda*, composé par R. Salomo aben Verga,
mais dans lequel il a réuni des notices historiques de provenance
antérieure. Je ne doute pas, non plus que les critiques qui se sont
avant moi occupés de ce sujet, qu'elle ne nous présente la forme
la plus ancienne et la plus authentique de la parabole que je veux
étudier devant vous. Elle en est en même temps la plus simple, la
plus belle et la plus pure. Elle contient ce haut enseignement, que
nul, malgré sa bonne foi, ne peut être sûr de posséder la vérité
absolue, et ne saurait le prouver en persécutant ceux qui ont une
croyance contraire à la sienne. Elle est née tout naturellement du
besoin que devaient éprouver les juifs d'échapper aux pièges qu'on
leur tendait, et de maintenir leur foi héréditaire sans offenser celle
de leurs puissants maîtres. Elle porte ce caractère d'invention ingénieuse et profonde qui se marque dans un si grand nombre de
ces courtes fictions allégoriques dont les juifs ont toujours aimé à
revêtir leurs méditations sur les voies mystérieuses de la Provi-
dence. Elle est en même temps, dans les circonstances données,

d'une philosophie admirable et d'une non moins admirable habileté. Rien n'est plus familier à la finesse orientale que cette manière d'éluder une question par une autre question et d'embarrasser le questionneur par la réponse qu'on lui arrache et dont il ne comprend pas d'abord la portée. La repartie de Jésus aux Pharisiens qui l'interrogeaient au sujet de l'impôt payé à César en offre un exemple accompli. Que la parabole ait bien été inventée par le contemporain de Pierre d'Aragon, c'est ce qui n'est nullement assuré, mais il est plus que vraisemblable qu'elle est d'invention juive, et aussi qu'elle est née en Espagne, où les rapports entre juifs et chrétiens étaient très étroits et devaient souvent donner lieu à des difficultés de ce genre. Dans les détails de l'exposition, la forme du *Schebet Jehuda* n'est pas très brillante, et il est probable qu'elle n'est pas tout à fait originaire ; mais, pour le fond, le récit de R. Salomon aben Verga nous a conservé la première invention.

La parabole était trop ingénieuse et touchait à des questions trop passionnantes pour ne pas se répandre hors de son lieu d'origine. Nous ne la retrouvons nulle part telle quelle, mais nous en trouvons deux transformations fort différentes, infidèles toutes les deux, quoique dans une mesure inégale, à l'esprit qui l'avait inspirée. D'une part on l'a christianisée, d'autre part on l'a détournée dans un sens où, à vrai dire, elle inclinait déjà un peu, dans le sens du scepticisme. Les deux branches si divergentes ont cependant des traits communs qui ne se trouvent pas dans la tige primitive et qui, par conséquent, accusent une première modification par laquelle elles ont passé l'une et l'autre. Dans l'une et dans l'autre il ne s'agit plus des deux religions juive et chrétienne, mais des trois religions bibliques, le judaïsme, le christianisme et le mahométisme : il était naturel qu'on voulût mettre en présence, non pas deux des fils, mais les trois fils du Père que tous trois s'accordent à reconnaître comme le Dieu unique ; pour la beauté artistique du récit cela n'a pas été sans inconvénient. Ce qui est plus grave, c'est que la pensée si respectueuse et si haute de l'invention première a été altérée par une circonstance nouvelle. La parabole juive ne dit pas qu'une des deux pierres soit vraie et l'autre fausse ; les récits qui en découlent s'accordent au contraire à admettre que des trois pierres une est vraie et les deux autres sont fausses ; et ils sont obligés dès lors de supposer que le père a trompé deux de ses fils au profit du troisième, ce qui trouble profondément le sens du récit et présente Dieu, symbolisé par le père, sous un jour étrange ; on a, il est vrai, évité ce défaut dans un des récits, mais pour tomber dans un pire, en supprimant la bonne foi des enfants sauf un. Les récits dérivés s'accordent d'ailleurs à représenter le père comme laissant les joyaux à ses fils à sa mort, et non en partant pour un voyage, et à faire de ces joyaux des anneaux et non simplement des pierres ; dans aucun non plus le père n'est joaillier. Il paraît donc certain que tous ces récits ont passé par une même filière, au sortir de laquelle ils se sont séparés. Nous nous occuperons d'abord de ceux qui s'écartent le plus gravement de la source première pour la forme et pour le fond, c'est-à-dire des récits d'inspiration exclusivement chrétienne.

Ces récits ont cela de commun qu'ils suppriment le cadre dans lequel était insérée la parabole : ce cadre, en effet, ne convenait qu'à un plaidoyer en faveur de la tolérance des religions l'une par l'autre ; il n'avait plus de raison d'être dans une glorification du christianisme écrite en pays chrétien. En outre ils joignent à la question sur la valeur des anneaux une discussion d'héritage qui ne se retrouve ni dans la forme première, ni dans la branche non christianisée ; enfin ils s'accordent à raconter que les vertus mira-culeuses de l'anneau seul authentique le font à l'épreuve discerner des autres. Le plus ancien de ces récits par la date où il se pré-sente, mais le plus altéré de tous, se trouve dans le livre d'Etienne de Bourbon, dominicain, mort vers 1261, sur les sept dons du Saint Esprit. Etienne l'avait recueilli oralement :

J'ai entendu, dit-il, d'un prud'homme cet exemple pour la démons-tration de la vraie foi. Un homme riche avait, entre ses autres ri-chesses, un anneau dans lequel était enfermée une pierre précieuse qui avait la vertu de guérir toutes les maladies ; il avait une femme qui lui donna une fille légitime, mais plus tard, *corrupta a lenonibus*, elle en mit au monde plusieurs autres qui passèrent pour être les filles légitimes de son mari. Lui n'ignorait pas ce qui en était, et en mourant il fit un testament, qu'il scella de son anneau, dans lequel il déclarait qu'il laissait son anneau à sa fille légitime et que son héri-tage devait appartenir à celle qui aurait cet anneau. Il appela donc sa fille, lui donna l'anneau, et mourut. Les autres, sachant cela, se firent faire des anneaux semblables. Quand on ouvrit le testament devant le juge, chacune montra son anneau et dit qu'elle était la fille légitime. Mais le juge, homme sage, fit éprouver la vertu des an-neaux, et comme on n'en trouva aucune dans les autres, il jugea légitime celle dont l'anneau avait montré ses vertus, lui adjugea l'héritage paternel, et déclara les autres illégitimes.

Les filles sont ici substituées aux fils pour mieux représenter les religions ; il ne s'agit pas seulement de deux filles illégitimes, mais de plusieurs, ce qui englobe toutes les religions autres que la chrétienne dans la condamnation prononcée. La question de légitimité mêlée ici assez maladroitement à la discussion sur la valeur des anneaux rappelle une autre parabole, fort belle aussi, mais d'origine différente, et qu'on a également exploitée dans un intérêt religieux, mais non polémique. C'est une sorte de contre-partie du jugement de Salomon, et, dans plus d'une version, elle est rapportée à Salomon lui-même. Un père a trois fils : il sait qu'un seul est de lui, mais il ignore lequel. Dans un testament il laisse tous ses biens à son fils légitime, excluant les autres. Le juge ordonne qu'on attachera à un arbre le corps du père mort, et que les trois fils le viseront à coups de flèches : celui qui l'atteindra le mieux aura l'héritage. Le premier tire et perce la main du mort; le second, plus heureux, lui enfonce la flèche dans le front, et se croit sûr du succès. Mais le troisième, quand son tour arrive, laisse tomber l'arc et la flèche : « Ne plaise à Dieu, dit-il en pleu-rant, que je touche avec une telle impiété la chair sacrée de mon père ! J'aime mieux renoncer à l'héritage. — Il est à toi, dit le juge : tu viens de prouver que tu es seul vraiment son fils. » Cette légende, certainement orientale, paraît s'être mêlée à la parabole des pierres précieuses pour former le récit d'Etienne de Bourbon.

Ce récit nous offre une déviation tout à fait isolée. Dans les deux autres formes chrétiennes, nous retrouvons des traits com-muns avec les versions de la branche non christianisée, et par conséquent plus anciens. La première en date de ces formes chré-tiennes est celle qui est contenue dans un petit poème français composé entre 1270 et 1294, le *Dit du vrai anneau*. Un père a trois fils, dont les deux aînés sont méchants et le troisième ver-tueux; il possède un anneau doué de vertus merveilleuses pour la guérison des maladies; voyant les vices de ses premiers fils, il fait faire par un joaillier deux anneaux exactement pareils au sien, et, appelant secrètement ses deux aînés l'un après l'autre, il leur remet à chacun d'eux un des faux anneaux en leur disant que c'est le vrai, et en leur faisant promettre de ne le montrer qu'après sa mort; au troisième il donne le vrai anneau et révèle toute la vé-rité. Le père mort, les deux premiers fils font valoir leurs préten-tions à posséder l'anneau miraculeux ; le cadet soutient que c'est lui qui le possède. On en éprouve la vertu, on trouve qu'il a raison, et on brise les deux autres anneaux. Mais les deux méchants frères, furieux, maltraitent le dernier et endommagent même son précieux anneau, et l'auteur consacre surtout son poème à engager les princes chrétiens à le venger et à le défendre, c'est-à-dire à faire une croisade. On voit combien nous sommes loin de la morale première de notre parabole.

Elle n'est guère mieux représentée dans la troisième version

chrétienne, celle des *Gesta Romanorum,* singulier recueil de
contes *moralisés* composé en Angleterre à la fin du xiii° ou au
commencement du xiv° siècle. Il s'agit ici d'un chevalier qui a
trois fils. Près de mourir, il lègue au premier sa terre, au second
son trésor, au troisième un anneau qui, par ses vertus, vaut plus
que ce qu'il laisse aux deux autres ; à ceux-ci d'ailleurs il a donné
deux anneaux pareils au premier en forme, mais non en vertu.
Il meurt, et chacun des fils prétend avoir l'anneau précieux,
mais l'épreuve décide : on amène des malades, les deux premiers
anneaux ne leur font rien, le troisième les guérit tous. « Ce
chevalier est Jésus-Christ, qui avait trois fils, les juifs, les sarrazins et les chrétiens. Il a donné aux juifs la terre promise,
aux sarrazins les trésors de ce monde, c'est-à-dire la puissance
et la richesse, aux chrétiens un anneau précieux, c'est-à-dire
la foi, par laquelle ils peuvent guérir toutes les maladies et les
langueurs de l'âme. » Il résulterait de cette explication qu'il fau-
drait rendre aux juifs la terre promise, et que les chrétiens de-
vraient renoncer à la puissance et à la richesse de ce monde au
profit des sarrazins. Cette pensée n'a peut-être pas été étrangère
à l'auteur fort mystique des *Gesta;* elle dut se présenter à bien des
esprits pieux après l'échec définitif des croisades, qui troubla tant
de consciences. Si les chrétiens avaient échoué dans leur entre-
prise, c'est qu'elle allait contre la volonté de Dieu : ils devaient
se contenter de leur part, qui est la plus belle, et laisser le monde
à ceux dont il est le seul héritage. Mais encore ici nous voilà loin
du doute, salutaire ou dangereux suivant les points de vue, qu'a-
vait voulu faire naître, sur la possibilité de constater la vraie
révélation, l'ingénieux apologue du juif espagnol.

C'est surtout le danger, pour la foi elle-même, de cette solution
ou plutôt de cette manière d'échapper à la solution du problème
qui apparaît dans les versions de la première famille, dont il nous
reste à parler. Ces versions, également au nombre de trois, sont
toutes italiennes, elles se sont produites dans un espace de temps
assez restreint, et elles offrent entre elles une incontestable pa-
renté. Dans toutes, nous retrouvons le cadre de la parabole, et
c'est également un juif, — preuve nouvelle de l'origine juive du
récit, — qui l'emploie pour échapper au piège que lui tend un
prince d'une autre religion ; mais ce prince ici est un musulman
et non un chrétien : en pays chrétien il ne pouvait guère en être
autrement. La leçon de scepticisme qui se dégage du conte, plus
vivement dans la forme italienne que dans la forme primitive, a
pu échapper au moins à l'un ou à l'autre de ceux qui l'ont accueilli;
mais si on considère dans quel temps et dans quel milieu nous le

voyons se produire, nous ne pouvons douter qu'elle n'ait été parfaitement comprise par la plupart, comme elle l'a certainement été par Boccace, le dernier narrateur. Le scepticisme était né, en effet, comme on l'a déjà indiqué, tant de l'insuccès des expéditions en Terre-Sainte que des relations entre chrétiens et musulmans : on avait vu, outre les juifs, une autre secte d'hommes, montrant de la culture, des vertus, une puissance que l'effort de la chrétienté n'avait pas vaincue, croyant comme les chrétiens et les juifs à un Dieu unique, tenant comme eux la Bible pour un livre sacré, et déclarant les dogmes chrétiens contraires et à la Bible et à la notion du Dieu unique. Que les sarrazins ou les juifs eussent la vérité, on ne pouvait le croire, ou du moins bien peu le crurent ; mais était-il bien sûr que les chrétiens la possédassent, ou qu'elle eût été révélée à n'importe qui ? Quelques-uns ne s'arrêtèrent pas au doute : ils allèrent jusqu'à la négation la plus crue. On sait l'accusation terrible que le pape Grégoire IX porta contre l'empereur Frédéric II, en 1239 : « Ce roi de pestilence a déclaré que le monde avait été trompé par trois imposteurs, Jésus, Moïse et Mahomet. » L'authenticité de cette parole n'a jamais été prouvée, mais on a montré qu'elle n'était nullement invraisemblable, et que des idées analogues circulaient autour de cet étrange empereur, à moitié italien, à moitié allemand, presque aussi oriental que franc par sa manière de vivre, d'une tolérance dédaigneuse qui rappelle celle de son illustre homonyme prussien, ennemi acharné sinon de l'Eglise au moins du pape, à qui il ne déplaisait pas d'être regardé comme le précurseur de l'Antéchrist, et qui, dans l'imagination des peuples, passa lui-même pour l'Antéchrist, si bien qu'on ne crut pas à sa mort et que longtemps on attendit, la plupart avec terreur, quelques-uns avec espoir, qu'il reparût pour régner sur le monde. Si Frédéric dit cette parole célèbre, ce ne fut sans doute qu'une plaisanterie d'un moment ; mais les doutes sur la vérité relative ou absolue du christianisme se répandaient alors partout ; nous en avons la preuve dans le colossal effort que fit pour les anéantir, dans les dernières années du xiiiᵉ siècle, ce don Quichotte de la scolastique qui s'appelle Raimond Lull et qui prétendait que sa méthode infaillible de raisonnement sauverait seule le monde en ramenant, sans échec possible, à la vérité catholique et les incrédules et les infidèles.

Voici le simple et court récit qu'on lit dans les *Cento novelle antiche,* recueil de contes en prose, appelé aussi *Novellino,* écrit en Toscane vers la fin du xiiiᵉ siècle :

Saladin ayant besoin d'argent, on lui conseilla de chercher chicane

à un riche juif qui était dans sa terre, et de lui prendre ainsi son
bien meuble, qui était grand outre mesure. Le soudan manda ce
juif, et lui demanda quelle était la meilleure foi, pensant : s'il dit la
juive, je dirai qu'il offense la mienne ; s'il dit la sarrazine, je dirai :
alors pourquoi tiens-tu la juive? Le juif, entendant la demande, répondit ainsi : Messire, il fut un père qui avait trois fils, et il avait
un anneau avec une pierre précieuse, la meilleure du monde. Chacun des fils priait le père qu'à sa fin il lui laissât cet anneau. Le père,
voyant que chacun le voulait avoir, manda un bon orfèvre et lui dit :
Maître, fais-moi deux anneaux absolument comme celui-ci, et mets
dans chacun une pierre qui ressemble à celle-ci. Le maître fit les
anneaux si à point que personne, excepté le père, ne reconnaissait le
bon (*il fine*). Le père manda alors les fils l'un après l'autre, et à chacun en secret il donna le sien; chacun croyait avoir le bon, et personne n'en savait la vérité, si ce n'est leur père. Ainsi est-il des fois,
messire. Les fois sont trois, le père qui les a données connaît la
meilleure, et les fils, c'est-à-dire nous, chacun croit qu'il a la bonne.
Le soudan, entendant comme il se tirait d'affaire, ne sut plus que lui
dire pour l'embarrasser, et le laissa aller.

Il est à remarquer que dans un manuscrit les dernières paroles
du juif diffèrent un peu de celles que je viens de reproduire ;
après avoir dit que personne ne savait la vérité sur l'anneau, ce
manuscrit ajoute simplement : « Et ainsi je vous dis, messire, que
je ne le sais pas non plus, et en conséquence je ne puis vous le
dire. » Les religions, par une réserve évidente, ne sont pas expressément mentionnées.

Pour la seconde fois notre histoire nous apparaît en Italie, dans
le roman, fort ennuyeux en général, mais curieux par sa date et
à plusieurs autres points de vue, de Busone da Gubbio, *le Sici-
lien aventureux* (*Fortunatus Siculus*), écrit en 1311. Busone a
quelques traits qui lui sont propres. Il commence, comme pour
excuser Saladin, par nous dire : « Vous devez savoir que par tout
l'univers les juifs sont haïs, et qu'ils n'ont ni patrie, ni seigneur. »
Le juif ici s'appelle Absalon. Dans son récit, le père veut donner
le vrai anneau à son fils aîné, mais, pressé par les sollicitations des
autres, il se résout à faire exécuter les deux faux. Ce trait, qui in-
diquerait trop clairement l'avantage que le juif attribue à sa religion (car le fils aîné c'est nécessairement le judaïsme), ne serait pas
pas adroit, et il ne doit pas être primitif ; il est encore accentué
plus loin : les désirs des deux autres fils sont qualifiés de *non do-
vuti,* et le narrateur remarque avec complaisance : « Ainsi celui
que le père voulait fut en cela son héritier. » A part cet alourdis-
sement peu heureux, le récit de Busone ressemble de fort près à
celui du *Novellino,* mais certaines observations de détail me font

croire qu'ils ont une source commune plutôt qu'ils ne sont copiés l'un sur l'autre.

Enfin la parabole des deux pierres, devenue celle des trois anneaux, arrive à trouver sa forme la plus riche et la plus connue dans le *Décaméron* de Jean Boccace (journée I, nouv. 3). On admet généralement que Boccace a eu pour source le conte de Busone, mais les raisons qu'on allègue ne sont nullement convaincantes. En tout cas, il diffère de Busone, ainsi que des *Cento Novelle*, en un point essentiel : il mêle à la question du vrai anneau une discussion d'héritage, et par là son récit se rapproche de ceux de la seconde famille ; Boccace les a-t-il connus et leur a-t-il emprunté ce trait, ou le mélange s'est-il fait dans la source où il a puisé? On ne peut le dire. Le juif s'appelle ici Melchisédech, et l'auteur nous le représente comme un usurier très avare, ce qui ne va guère avec le dénouement, où il avance librement et libéralement à Saladin l'argent que celui-ci voulait lui soutirer par ruse. Notons que dans Boccace les trois fils sont présentés comme également vertueux, ce qui nous rapproche de l'esprit de la parabole primitive.

C'est à Boccace que Lessing, il le dit expressément, a emprunté notre parabole, qui forme le centre de son *Nathan le Sage* et comme la pierre précieuse enchâssée dans ce brillant anneau. Ici l'intention cachée, mais certaine, de l'auteur est de donner, à côté de la leçon de tolérance qu'il proclame magnifiquement, une leçon de scepticisme : Lessing, ne l'oublions pas, écrivit *Nathan* au milieu de ses controverses théologiques, et il comptait plus sur son drame pour faire du mal à ses adversaires que sur un volume de ces « Fragments d'un inconnu » qu'il publiait avec tant d'éclat. Aussi n'y a-t-il pas seulement du scepticisme dans l'inspiration et l'exécution de sa pièce : si la balance est tenue égale en théorie entre les trois religions dont les représentants se partagent l'action, en fait elle penche considérablement, dans cette action, au détriment du christianisme. Le juif Nathan est un modèle de toutes les vertus ; les musulmans, Saladin, sa sœur, le derviche, sont éclairés, tolérants, généreux ; les chrétiens seuls sont sacrifiés : Daja représente leur superstition et leur esprit borné, le patriarche la perfidie et la cruauté de leur fanatisme, et le jeune Templier, héros du drame, ne devient digne d'intérêt et de sympathie que quand il renonce à ses croyances étroites et se montre prêt à renoncer à ses vœux pour épouser une juive. On conçoit que les gens pieux aient fait mauvais accueil à une pareille œuvre, malgré ses qualités vraiment extraordinaires, que pendant longtemps on n'ait pu la représenter, et qu'aujourd'hui encore, si on est libre de tout esprit de parti, on éprouve à la lire un certain malaise, précisément à cause de cette impartialité qu'elle affecte et qu'elle a si peu. Et cependant il y a une grande profondeur et une grande vérité dans le jugement que le noble Moïse Mendelssohn porte sur l'œuvre de son ami, de l'ami constant des Juifs : « Au fond, nous devons le reconnaître, son *Nathan* est un vrai honneur pour la chrétienté. A quel degré supérieur de civilisation et de lumières a dû atteindre une société dans laquelle un homme a pu s'élever à une telle hauteur de sentiments, a pu parvenir à une telle délicatesse d'appréciation des choses humaines et divines ! » Le même Mendelssohn signale dans Lessing un trait bien caractéristique, et où plus d'une noble nature se reconnaîtra : « S'il voyait une bonne cause défendue par des raisonnements niais, il était porté à prendre parti contre elle ; une erreur qu'il voyait mal attaquée l'excitait à la défendre ; il estimait la recherche avant tout, il trouvait qu'une vérité que l'on croit sans savoir les justes motifs de sa créance est un simple préjugé qui pousse à la paresse de l'esprit. » Aussi se plaisait-il à soulever des doutes, à inquiéter les hommes sur la solidité de ce qu'ils croyaient posséder le plus sûrement. C'est dans cet esprit qu'il avait publié les objections de Reimarus au christianisme ; la violente opposition qu'elles soulevèrent l'aigrit, l'exaspéra, et son *Nathan* porte, en même temps que la marque de sa haute justice et de sa tendre philanthropie, des traces de cette irritation qu'on aimerait à en effacer.

Voici, bien qu'il soit connu de tous ceux qui m'écoutent, le récit que fait à Saladin le sage Nathan en réponse à sa question captieuse :

Dans les temps anciens vivait, en Orient, un homme qui tenait d'une main chère un anneau d'une valeur inestimable. La pierre était une opale, où se jouaient cent belles couleurs, et qui avait la vertu secrète de rendre agréable à Dieu et aux hommes celui qui le portait avec confiance. Il n'est donc pas étonnant que cet homme d'Orient n'ôtât jamais l'anneau de son doigt et eût pris des mesures pour qu'il restât dans sa maison. Il le laissa à celui de ses fils qu'il aimait le plus, et établit que celui-ci le léguerait, à son tour, au plus aimé de ses fils, et c'était toujours, sans égard à la naissance, le plus aimé, qui, par la vertu de l'anneau, devait être le chef, le prince de la maison..... Enfin, de fils en fils, cet anneau parvint à un père qui avait trois fils. Tous les trois lui témoignaient une égale obéissance, et il ne pouvait s'empêcher de les aimer également tous les trois. De temps en temps, tantôt l'un, tantôt l'autre, tantôt le troisième, lui paraissait le plus digne de l'anneau, — c'était celui qui se trouvait à ce moment seul avec lui, quand les deux autres ne partageaient pas les effusions de son cœur, — et il eut la paternelle faiblesse de promettre successivement l'anneau à chacun d'eux. Les choses allèrent ainsi tant

qu'il vécut; mais la mort vient, et le bon père se trouve dans un
pénible embarras : il souffre à la pensée de blesser deux de ses 'ils
qui ont confiance en sa parole. Il envoie secrètement chercher un orfèvre, auquel il commande deux anneaux sur le modèle du sien, en
lui recommandant de n'épargner ni peine, ni argent, pour qu'ils
soient pareils, absolument pareils. L'artiste y réussit. Quand il lui
apporte les anneaux, le père lui-même ne peut distinguer l'anneau
qui a servi de modèle. Plein de joie, il appelle ses trois fils, chacun
en particulier; il donne à chacun en particulier sa bénédiction et son
anneau, et meurt..... A peine était-il mort que chaque fils arrive avec
son anneau et prétend être le chef de la maison. On cherche, on dis-
pute, on se plaint. Peine perdue : impossible de discerner le vrai
anneau, — presque aussi impossible qu'il nous l'est, aujourd'hui, de
discerner la vraie foi..... Enfin les fils s'adressèrent à la justice. Chacun d'eux jura au juge qu'il tenait directement l'anneau de la main
de son père, — et c'était vrai, — après avoir reçu de lui depuis longtemps la promesse d'être mis en possession des privilèges de l'anneau, — et c'était non moins vrai! Le père, assurait chacun d'eux,
ne pouvait l'avoir trompé, et avant de laisser tomber un pareil soup-
çon sur un père si chéri et si digne de l'être, il aimait mieux accuser
ses frères de fraude, quelque heureux qu'il eût été de ne penser d'eux
aussi que du bien, et il saurait démasquer les traîtres et se venger...
« Si vous n'amenez pas au plus vite votre père, dit le juge, je vous
renvoie de mon tribunal. Croyez-vous que je sois ici pour deviner des
énigmes? Ou attendez-vous que le vrai anneau prenne la parole?
Ecoutez pourtant. Vous dites que cet anneau possède la vertu mer-
veilleuse de faire aimer, de rendre agréable à Dieu et aux hommes.
C'est cela qui doit décider. Car les faux anneaux ne sauraient avoir
ce pouvoir. Eh' bien! lequel de vous trois les deux autres aiment-ils
le plus? Allons, parlez! Vous vous taisez? Les anneaux n'agissent
qu'à reculons? Ils n'ont pas de vertu en dehors? C'est soi-même que
chacun aime le mieux? Oh! alors vous êtes tous les trois des trom-
peurs trompés! Vos trois anneaux sont faux. Sans doute, le vrai s'est
perdu. Pour cacher, pour compenser cette perte, votre père en a fait
faire trois nouveaux..... Ainsi, dit le juge, si vous me demandez une
sentence, allez-vous en. »

On le voit clairement, la parabole est bien racontée d'après
Boccace, mais Lessing y a joint un trait qu'il ne trouvait pas dans
le *Décaméron* et que ce liseur infatigable de vieux livres a dû
prendre dans les *Gesta Romanorum*. « L'opale qui ornait l'anneau avait la vertu secrète de rendre agréable à Dieu et aux
hommes celui qui le portait avec confiance. » Cela rappelle évi-
demment les propriétés miraculeuses attribuées à l'anneau dans
les versions christianisées. Mais, tandis que dans celles-ci l'épreuve
de la vertu des anneaux révèle celui qui est authentique, ici, con-

formément à la tendance sceptique, elle ne donne aucun résultat. ce qui peut paraître assez difficile à concilier avec le récit. Mais cette absence même de résultat est exploitée par le poète pour aboutir à la plus haute, à la plus noble morale. Avant de l'indiquer, il nous reste encore à présenter quelques observations et quelques rapprochements.

Dans la version italienne, — car il n'y en a vraiment qu'une, — on a remarqué que le rôle du prince musulman est attribué à Saladin. Ce n'est sans doute pas fortuitement qu'un récit où sont mises en présence les trois grandes religions monothéistes est rattaché à cet illustre sultan. Des traditions anciennes le représentent comme portant un vif intérêt aux questions de ce genre ; sa tolérance envers les chrétiens les frappa de respect et leur inspira une sympathie qu'ils exprimèrent à leur manière en inventant des légendes naïves où on le voyait se faire lui-même chrétien. Une de ces anecdotes nous présente une ingénieuse comparaison des trois religions d'où ressort naturellement la supériorité du christianisme. Saladin près de mourir, et hésitant sur la vraie foi, fait venir un juif, un musulman et un chrétien, chacun réputé le plus savant de Jérusalem dans sa religion respective. « Quelle est la meilleure religion? dit-il au juif. — La mienne. — Et si tu en prenais une autre, laquelle prendrais-tu ? — La chrétienne, car elle est issue de la mienne. » A la première question le musulman répond de même; à la deuxième il dit : « La chrétienne, car la mienne en est issue. » Enfin le chrétien affirme d'abord que sa religion est la meilleure, et ensuite que jamais il n'en prendrait une autre, car elles sont fausses toutes les deux. « J'embrasserai donc la religion chrétienne, dit Saladin, puisque chacune des deux autres la reconnaît comme la meilleure après elle-même, et qu'elle ne reconnaît aucune valeur aux deux autres. » Dans une autre histoire, la conclusion, comme dans la nôtre, reste en suspens, et la forme même n'est pas sans rapport, mais à son grand désavantage, avec la parabole des anneaux. Saladin, dit le chroniqueur-poète de Vienne Jans Enenkel (1250-1291), avant de mourir, voulut assurer son salut autant que possible. Ce qu'il possédait de plus précieux était une table de saphir : il la fit briser en trois parties égales, dont il offrit l'une à la principale synagogue, l'autre à la principale église, la troisième à la principale mosquée de Jérusalem, pensant qu'il était sûr, par ce moyen, de se concilier le vrai Dieu. Cela nous rappelle des traits analogues de barbares que l'on croyait sérieusement convertis au christianisme : c'est ainsi, dit-on, que Rollon mourant fit à la fois dire des messes et sacrifier des chevaux à Thor, pour être bien sûr de ne

pas manquer le dieu vraiment puissant ; mais ces grossières spé-
culations sont loin de l'inspiration délicate de notre allégorie.

Il y a une autre parabole encore, — et c'est par là que nous ter-
minerons, — qu'on a appliquée aux trois religions, ou plutôt à
ceux qui les pratiquent : elle n'est pas sans humour, et l'appréciation qu'elle fait des juifs peut être interprétée comme un éloge
aussi bien que comme une satire. On lit dans un livre arabe, appelé
Nuzhetol Udeba, le conte suivant. Un mahométan, un chrétien,
un juif, voyagent ensemble, ils ont épuisé toutes leurs provisions
et ont encore deux jours de marche avant d'être sortis du désert ;
sur le soir le hasard leur fait rencontrer un pain. Qu'en faire ?
C'est trop peu pour trois, ce serait bon pour un ; il vaut mieux
qu'un d'eux se rassasie ; mais lequel ? Ils conviennent de remettre
le choix au lendemain : ils dormiront, et le pain sera pour celui qui
aura fait le plus beau rêve. Ils s'endorment donc, et le lendemain
matin ils se mettent en mesure de comparer leurs songes. « Moi,
dit le chrétien, j'ai rêvé qu'un diable m'emportait dans l'enfer ; je
voyais les feux ardents, les démons joyeux et terribles ; j'entendais
les cris des damnés, j'embrassais toute l'étendue du gouffre éternel ;
y a-t-il un plus beau rêve ? — Le mien est bien plus beau, dit le
musulman : l'ange Gabriel m'avait saisi par les cheveux et m'avait
transporté dans le paradis, au milieu des concerts les plus doux ;
je regardais les danses des vierges célestes aux yeux noirs ; quel
rêve peut se comparer au mien ? — Et moi, dit le juif, j'ai rêvé
qu'un démon t'emportait, toi, en enfer ; qu'un ange t'enlevait, toi,
en paradis ; alors je me suis levé et..... j'ai mangé le pain. » On a
cru voir là la forme primitive de ce récit, extraordinairement ré-
pandu au moyen âge, et on a jugé que cette forme primitive était
juive ; mais l'une et l'autre conclusions sont très douteuses. La con-
duite du juif pourrait passer pour la mise en pratique de la croyance
aux récompenses terrestres en opposition à la foi des chrétiens et
des musulmans dans la vie éternelle ; mais quelles qu'aient été,
sur ce point controversé, les idées des anciens juifs, ceux qui
vivaient depuis l'avènement du mahométisme, et qui auraient seuls
pu inventer cette historiette, croyaient certainement à la vie
future autant que les fidèles du Christ et de Mahomet. Ce conte
n'a sûrement pas été écrit en vue de glorifier sans réserve le per-
sonnage qui dupe les autres ; au moins les juifs n'en jugeaient-ils
pas ainsi, car dans l'*Historia Jeschuae Nazareni,* où ils l'ont
intercalé, ce rôle est donné à Judas, qu'ils n'ont nullement voulu
réhabiliter. Jésus, Pierre et Judas voyagent de compagnie ; à
l'auberge, ils ne trouvent qu'une oie..... « J'ai rêvé, dit Pierre,
que j'étais assis auprès du fils de Dieu. — Je suis le fils de Dieu,

dit Jésus, et j'ai rêvé que tu étais assis auprès de moi; mon rêve est plus beau que le tien. — J'ai rêvé que je mangeais l'oie », dit Judas. On la cherche et on ne la trouve plus.

Mais rien ne prouve que cette histoire soit juive, ni qu'elle ait, à l'origine, aucun sens religieux. On la trouve d'abord dans la *Disciplina clericalis,* œuvre, il est vrai, d'un juif converti, Pierre Alphonse (xie-xiie siècles) : il s'agit là de deux bourgeois et d'un vilain qui s'en vont en pèlerinage à la Mecque, c'est-à-dire que Pierre Alphonse a puisé ce conte, comme beaucoup d'autres de ceux qu'il a admis dans sa compilation, à une source arabe; or les contes arabes viennent presque tous de l'Inde, en passant par la Perse, et celui-ci doit être du nombre. La plus jolie forme est celle qu'il a prise dans les *Gesta Romanorum;* celle qui en rend peut-être le mieux l'esprit est dans les *Ecatommiti* de Giraldi Cintio (xvie siècle), qui met en scène un philosophe, un astrologue et un soldat. L'action se passe à Rome, en 1527, après le sac de la ville par les troupes du connétable de Bourbon; un morceau de pain valait cher alors. Rien n'est plus beau que les rêves des deux penseurs : le philosophe a vu en songe la création tout entière, physique et métaphysique, s'accomplir et se dérouler devant lui; l'astronome a été transporté au ciel empyrée, il a assisté au tournoiement des sphères qui forment les cieux et a entendu leur musique divine. Pendant ce temps le soldat a mangé le pain trouvé la veille, et il raconte qu'ayant rêvé bataille il a donné de grands coups, s'est fatigué, et a éprouvé un urgent besoin de se refaire. Rien ne met mieux en relief l'opposition du gros bon sens pratique à ces chimères sans lesquelles cependant, pour bien des âmes, la vie manquerait de charme et même de sens, mais qui ne peuvent fleurir que si elles sont abritées, par l'ordre et la sécurité générale de la société, contre les réalités brutales.

Nous voilà bien loin de notre parabole. Revenons-y pour en admirer dans Lessing, malgré les réserves que nous avons cru devoir faire, le plus bel épanouissement moral. Nathan achève ainsi son récit :

Si vous voulez mon conseil et non ma sentence, dit le juge en terminant, prenez les choses comme elles sont. Puisque chacun de vous tient son anneau de son père, que chacun croie fermement que son anneau est le bon. Peut-être votre père n'a-t-il pas voulu supporter plus longtemps dans sa maison la tyrannie d'un anneau unique. Et certainement il vous aimait tous trois, et vous aimait également, puisqu'il n'a pas voulu déprimer deux de vous pour en favoriser un. Eh bien! aspirez à imiter cet amour pur et libre de préjugés. Que chacun de vous s'efforce à l'envi de mettre au jour la vertu de son anneau! Qu'il vienne en aide à cette vertu par sa douceur, par sa cordialité, par·sa bienfaisance, par son entier abandon à Dieu! Et si alors les vertus des pierres se manifestent chez les enfants de vos petits-enfants, d'ici à mille et mille ans, je vous cite de nouveau devant ce tribunal. Alors y siégera un plus sage que moi, qui rendra la sentence. Allez! Ainsi parla le juge, modestement. — SALADIN. Dieu! Dieu! — NATHAN. Saladin, si tu as conscience d'être ce juge promis, ce juge plus sage..... — SALADIN. Moi poussière! moi néant! O Dieu!

Ainsi le vieux récit, qui n'est d'abord qu'une ingénieuse échappatoire inventée par une croyance opprimée pour revendiquer ses droits à être laissée en paix, s'est transformé, sous la main des chrétiens purs, en une démonstration de la vérité du christianisme; en Italie il a pris une tendance sceptique, et Lessing en a fait le plus beau symbole des idées de tolérance, de respect réciproque, de réserve et de modestie dogmatique. Il en a tiré une morale magnifique, qui garde toute sa valeur, et que nous pouvons tous, quelle que soit notre conception des choses divines et humaines, essayer de réaliser : efforçons-nous, par notre sincérité, par notre largeur d'esprit, par notre charité, par nos vertus, de prouver l'excellence de notre conviction religieuse ou philosophique, et non seulement le monde se trouvera bien de cette pacifique et féconde émulation, mais c'est ainsi que nous aurons le plus de chances de faire des prosélytes à cette conviction qui nous est chère.

VERSAILLES, IMPRIMERIE CERF ET FILS, RUE DUPLESSIS, 59.

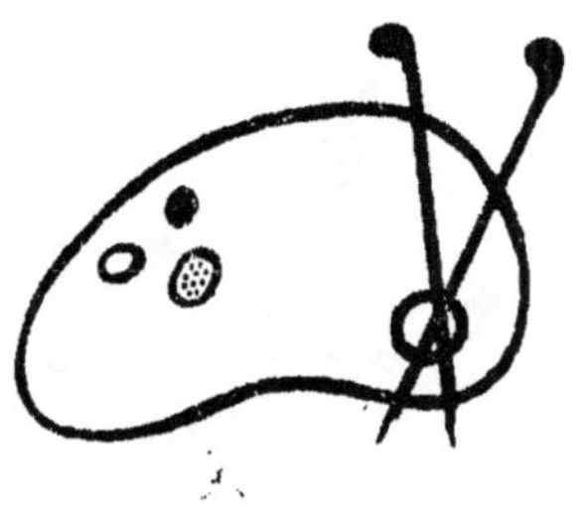

Original en couleur

NF Z 43-120-8

www.ingramcontent.com/pod-product-compliance
Lightning Source LLC
LaVergne TN
LVHW021745030726
842523LV00003B/930